Siegrid Graunke Gruel

Amadeus' Erbenerdenkinder

Engelsdorfer Verlag
Leipzig
2014

Bibliografische Information durch die
Deutsche Nationalbibliothek:
Die Deutsche Nationalbibliothek verzeichnet diese
Publikation in der Deutschen Nationalbibliografie;
detaillierte bibliografische Daten sind im Internet über
http://dnb.dnb.de abrufbar.

ISBN 978-3-95744-309-0

Copyright (2014) Engelsdorfer Verlag Leipzig
Alle Rechte bei der Autorin
Zeichnungen © Matthew Cole - Fotolia.com

Hergestellt in Leipzig, Germany (EU)
www.engelsdorfer-verlag.de

12,00 Euro (D)

Inhaltsverzeichnis

1. Wundernachtleuchten 5

2. Einig sein macht stark 10

3. Geheime Botschaften im Café 14

4. Interessante Begegnungen 22

5. Merkwürdige Phänomene 30

6. Alarm mit Amadeus! 38

7. Forscher geben nicht auf! 51

8. Sinn im Unsinn 63

1. Wundernachtleuchten

Wenn du noch einen Schritt weitergehst, fällst du!", erklärte Iris-Marie und hielt Matson an der Jacke fest.

„Lass mich los!", sagte er laut. „Ich falle nie um!" Schon landeten beide im Matsch des Schilfufers, an dem sie entlanggingen, um den Weg zurückzufinden. „Mann! Jetzt hab ich mich eingesaut – deine Schuld!", rief Matson vorwurfsvoll.

Ehe Marie jedoch, außer dem Aufschrei „Iih!", etwas entgegnen konnte, sahen sie es beide zusammen: ein Leuchten, mitten auf dem See! Gleichzeitig sahen sie eine Schwanenfamilie, die mitten durch das helle Licht schwamm!

Neugierig wie zwei kleine Kinder schlichen sie sich in der Deckung des Schilfs näher heran. Das sehr helle Licht blendete sie, war aber eher bläulich und grünlich, blinkte dann zweimal lang und dreimal kurz noch heller auf, warf einen Sternenschweif von goldenen kleinen Rastern über den ganzen See – und war dann wieder aus. Alles war wieder dunkel, nichts mehr zu sehen.

Was war das denn bloß?!

„Was war das, Matson?", fragte Iris-Marie leise und atemlos, nachdem es nicht noch einmal aufgeleuchtet war.

Matson spähte immer noch wie gebannt durch das Schilf und sagte jedes Mal „Pscht!", sobald sie wieder anfangen wollte zu reden. Schließlich sagte er dann aber: „Weiß auch nich. Lass uns gehen."

„Wie … Aber was glaubst du, was kann es denn gewesen sein? Das war doch was Überirdisches, oder?", fragte sie ihn – und auch sich selbst, während sie hinter ihm herstapfte, über einen festen Pfad, den er gefunden hatte. Und so schnell – schneller, als sie sich darüber wundern konnte.

„Was?", fragte Matson und blieb kurz stehen. „Keine Ahnung … Komm einfach!"

Er führte sie über viele kleine Wege, die sie nicht kannte, und sie folgte ihm vertrauensvoll. Immerhin ging es jetzt fest und sicher voran. Bald waren die ersten Lichter der Hauptstraße zu erkennen – und schon war's nicht mehr weit bis zur Bushaltestelle. Endlich geschafft!

Sie ließen sich auf die Rückbank des Busses fallen – dankbar und froh. Und Matson lachte das erste Mal seit tausend Stunden wieder. „Hey, warum lachst du jetzt?", wollte Iris-Marie wissen, war aber schon angesteckt und lachte einfach mit.

„Darüber, dass mein Handy noch da ist!", freute sich Matson. „Ich glaubte schon, es im Matsch verloren zu haben!"

Das beruhigende Brummen des Busses ließ sie das gemeinsame Erlebnis wieder gegenwärtig werden. Aber Iris-Marie sagte jetzt auch nichts mehr. Sie kannte ihren Bruder. Er musste immer erst abwarten, bevor darüber geredet werden konnte – und zwar über alles, was ihr sehr wichtig schien, damit sie sofort Klarheit bekam. Ja klar, und da hatte er auch schon seine Kopfhörer auf!

Als sie später in ihrem Bett lag, drangen aus dem Wohnzimmer die wundervollen Klänge von Mozarts Klaviersonaten zu ihr herüber. Wie wunderbar er spielte. War er vielleicht ihr Seelenverwandter? Aus einer fernen Welt? Das wäre schön ... Aber wer in ihrer Familie würde das schon verstehen? Ihre Eltern hörten das ganze Klassikprogramm ja bloß rauf und runter, um Entspannung nach ihren anstrengenden Jobs zu finden.

Iris-Marie hatte den Film ‚Mozart' gesehen – vor zwei Jahren, zusammen mit ihrer Freundin Sigrid und deren Freund Jahn. Alle drei waren von dem Film gleichermaßen begeistert gewesen. Aber seitdem hatten sie sich kaum noch gesehen, denn Iris-Marie hatte nicht aufdringlich wirken wollen, weil die beiden von da an richtig zusammen gewesen waren. Und jetzt sehnte sie sich wieder nach ihren alten Freunden.

Amadeus ... war das Licht vorhin am See vielleicht eine Botschaft von dir? Denn nur in diesem grandiosen Film war ein ähnliches Licht am See zu sehen ... Es war ein Jungfilmprojekt gewesen. Ja, gleich morgen würde sie sich in die Videothek und auf die Suche nach dem Film begeben. Hoffentlich würde sie Glück haben, denn der Film war bestimmt schon zehn Jahre alt.

Matson lag auf seinem Bett im anderen Zimmer. Zwischen seinem und dem Zimmer von Iris-Marie lag bloß eine Wand. Er war eineinhalb Jahre jünger als Iris-Marie, musste seit ein paar Wochen nicht mehr zur Schule und machte auch keine besondere Ausbildung. Jetzt jobbte er lieber vergnügt in einem Fastfood- und Fitnesscenter und freute sich insgeheim darüber, dass seine Eltern sich ständig von Neuem darüber aufregten. Was *er* wollte, war ihnen wohl völlig egal! Na, dann waren sie für ihn eben auch nicht mehr besonders ernst zu nehmen.

Aber seine kleine ältere Schwester Marie, wie er sie einfach nur nannte, die liebte er. Und obwohl er sich angewöhnt hatte, so wenig wie möglich über irgendetwas nachzudenken, so beschäftigte ihn das Geschehnis am See doch sehr! Wie war es dahingekommen, dieses … Leuchten? Und von wo wurde es ausgestrahlt? Ein Boot war nicht sichtbar gewesen.

Seine ‚kleine' Schwester sah er nie so ganz als erwachsener an und nahm sie nicht besonders ernst. Sie weiß ja nichts, wie alle Mädchen. Ja, eigentlich weiß sie von nichts. Aber Fragen stellen ohne Ende, das kann sie gut! Aber so sind Mädels eben. Als wenn er immer alles wissen kann, dieser Mozart … Ja, für den ist sie Feuer und Flamme! Bloß, wer interessiert sich schon für den? Ist der nicht schon längst tot? Schwestern sind schon seltsame Kreaturen. Aber aufpassen muss man auf sie trotzdem! Denn aufgrund ihrer dummen Schönheit sind sie Gefahren ausgesetzt. Aber davon wissen sie natürlich auch nichts. Na, erst mal schlafen.

Matson gähnte einmal kräftig und war schon eingeschlummert. Müdigkeit ist der beste Freund des erschöpften Wanderers. Und gewandert war er heute wohl genug.

2. Einig sein macht stark

Am späten Morgen, als Matson erwachte, regnete es. Als er dann endlich aufstand, nachdem er noch lange liegen geblieben war, weil es bei Regen einfach so gemütlich im Bett war und er noch dazu einen freien Tag hatte – juhu! –, wurde bald klar, dass die Eltern nicht da waren. Ach ja, heute war Sonntag – und sonntags waren sie nie da. Erst gemeinsamer Kirchengang, dann Treffen mit Literaturspinnern zum Essen und Quatschen und so weiter bis der Arzt kommt. Den ganzen Tag außer Haus, bis spätabends oder noch später. Ach ja – arme Eltern!

Er machte Kaffee und freute sich. Ja, für Marie am besten gleich mit – also ziemlich viel Kaffee. Hm ... Bestimmt ist sie auch schon wach. Dann kann ich gleich mal an ihre Tür klopfen und sie ein bisschen ärgern! Mit dem Kaffeebecher in der Hand durchschritt er das Wohnzimmer, nippte im Gehen ein paar Schlückchen, damit nicht alles überschwappte, und musste plötzlich stehen bleiben.

Auf dem Wohnzimmertisch erblickten seine plötzlich wachen Augen ein Bild auf einer CD-Hülle. Darauf war eine Schwanenfamilie zu sehen, die über einen See schwamm und durch ein zauberhaftes Sonnenlichtspiel ... Er hielt den Atem an, denn bei genauerem Hinsehen schienen es dieselben Schwäne von gestern Abend zu sein. Nein! Wie kann das denn sein? Matson ließ seinen Kaffeebecher stehen, er wollte nur zurück in sein Zimmer. Nein, doch nicht. Kehrtwendung zurück ins Wohnzimmer, CD-Hülle abgreifen, den Becher auch, und gradewegs rüber zu Maries Zimmertür.

Sie saß auf dem Bett und blätterte in einer Zeitschrift. „Hallo, was geht?", sagte Matson und warf gleichzeitig die CD-Hülle gezielt auf ihre Zeitschrift. Volltreffer! „Noch nicht gefrühstückt, was?", rief er dabei mit einem abscheulichem Grinsen im Gesicht aus.

Marie sah auf wie eine Katze, die bei ihrer Fellpflege gestört worden war, legte die Hülle kommentarlos neben sich und wendete sich wieder ihrer Zeitschrift zu.

Guckt sie sich das Bild vielleicht mal an?!, fluchte Matson innerlich und verließ schnell das Zimmer. Er würde aber nach etwa zwanzig Minuten wieder zurück sein – Mädchen brauchen ja immer Ewigkeiten, bis sie etwas checken.

Ist der jetzt völlig durchgeknallt?, dachte Iris-Marie sich und schrieb einige Fragen in ihr Tagebuch:

1. Was war das für ein Zauberlicht am See?
2. Was war das für ein Leuchten am See?
3. Was war das?!!!

Dann sah sie sich das Bild auf der CD-Hülle genauer an. Aber was war das? Unglaublich ... Mozarts Schwäne! Ist Matson vielleicht ein Licht aufgegangen? Der kommt bestimmt gleich wieder. Außerdem kannte sie ihren Bruder. Er hatte so viel überschüssige Energie, dass er oftmals einfach in ihr Zimmer trat, um ihr etwas davon abzugeben. Das sagte er ihr natürlich nicht, sondern fing an, in ihrem Zimmer herumzustöbern. Angeblich vermisste er dann irgendetwas, das zwischen ihren Sachen liegen müsste. Matson kannte seine ‚kleine Schwester' eben auch gut und wusste, wann sie sich allein fühlte und mit niemandem reden konnte. Und dann war er da, „um sie wach zu halten, bevor das Sterben anfängt", wie er es bezeichnete.

Es klopfte zwei-, dreimal an ihrer Tür. „Komm rein, die Tür ist doch auf", sagte Iris-Marie und es klang erfreut. Nicht einmal ihre Freundin Anke hatte sie angerufen. Sie hätte reden wollen – nicht jedoch über das Leuchten am See. Da wären höchstens blöde Fragen wie „Sag mal, Iris, bist du vielleicht bekifft?" gekommen.

„Ähm, hallo", sagte Matson und trat ein. „Was machst du?"

„Nichts weiter."

„Ich auch nicht." Er setzte sich auf ihren gemütlichen Samtsessel. „Ich-weiß-es-doch-auch-nicht", sagte er laut in Robotersprache. „Ein-Raum-schiff-viel-leicht. O-der-ein-Se-gel-bot, ei-ne-Küs-ten-wa-che – Oder eine Feier auf dem See. Ich weiß es nicht, Frau Marie-Iris."

„Eine Küstenwache?", unterbrach sie ihn. „Klar, auf einem kleinen Segeberger Teichsee." Und schon flog der erste Gegenstand in ihre Richtung. Es war eine kleine Bastelfigur aus Holz aus greifbarer Nähe, doch Marie drehte ihren Kopf rechtzeitig zur Seite. „'tschuldigen Sie, Herr

Matson!", sagte sie und musste lachen. „Fang gar nicht erst an! Du – könntest recht haben!"

„Ja klar", sagte Matson, stand auf und ging zum Bücherregal. Ein, zwei Bücher purzelten unter seiner Hand aus dem Regal auf den Teppich. „Aufräumen ist wohl nicht gerade deine Stärke", bemerkte er, warf ihr einen kurzen Blick mit lachenden Augen zu und fuhr dann mit einem Finger über alle Buchrücken der vielen Etagenreihen.

„Deine aber auf jeden Fall!", gab Iris-Marie ihm deutlich zu verstehen.

Dann wälzten sie ein großes Astrologiebuch, um irgendeinen Hinweis für das Leuchten aus der Ferne zu erhalten. Aber es war nichts wirklich Passendes dabei.

„Frag deinen Geschichtslehrer", schlug Matson schließlich vor und stand auf.

„Wir finden es heraus." Iris-Marie sah ihm in die Augen: Sie war sich sicher.

„Ja, das werden wir. Tschau, Marie."

„Tschau, Matson."

Jetzt war alles gut. Sie waren sich einig, und einig sein macht stark!

Matson ging am späten Nachmittag noch einmal aus dem Haus. Es war wichtig für ihn, sich mit ein paar Freunden zu treffen. Marie dagegen raffte sich für ein paar Hausaufgaben auf. Was sein muss, muss eben sein! Auch wenn neueste Geheimnisse vom See es einem nicht gerade leicht machen …

3. Geheime Botschaften im Café

Am nächsten Tag in der Schule passierte etwas Neues. Iris-Marie sah den Freund von Sigrid wieder! Er tauchte plötzlich im Musikunterricht auf und wurde allen als Musikstudent vorgestellt. Sofort war sie ganz fasziniert von seinen Händen. Wie lang und … geschmeidig seine Finger waren, die da auf dem Flügel in der Aula eine Klaviersonate von Mozart spielten. Es war unglaublich! So wundervoll und einzigartig hatte sie Mozarts Klänge noch nie wahrgenommen! Jedenfalls schien es ihr so, und die Faszination des Klavierspiels übertrug sich auf die ganze Atmosphäre unter den Schülern. Nur diejenigen, die absolut keine Ohren dafür hatten, weil da nichts anderes als etwa Rockmusik reinpasste, hatten sich schon am Anfang nach draußen verzogen.

 Sie wagte kaum, ihn nach dem Konzert anzusprechen, tat es dann aber doch, und zwar in einem Moment, in dem sich alle anderen – nach gebührendem Beifall – zum Ausgang bewegten. Sie fasste sich ein Herz und ging direkt zu ihm auf die Bühne.

„Hallo …"

 Überrascht sah er sie an, er war gerade darin vertieft, seine Notenblätter einzusammeln und in der Tasche zu verstauen. „Hallo", sagte er beiläufig, aber nicht unfreundlich.

 „Du hast so großartig gespielt, ich … wollte dir gratulieren, Jahn."

„Ja? Vielen Dank auch", sagte er kurz. „Freut mich, dass es dir gefallen hat."

„Ähm ... ich bin Iris-Marie", sagte sie etwas verunsichert darüber, dass er sie nicht erkannt hatte, „die Freundin von Sigrid. Wir waren mal alle zusammen im Kino."

Jetzt sah er sie aber lange an, mit einem sehr klaren fragenden Blick. „Ach, die Sigrid, ja! Lange her ist das, was? Ja, stimmt. Inzwischen haben wir gar keinen Kontakt mehr. Was macht sie denn so?"

Tja, wenn Iris-Marie das mal wüsste. „Sie ... studiert Geschichte", sagte sie, obwohl sie das gar nicht so genau wusste. Aber das war das, was Sigrid beabsichtigt hatte, als sie von Bad Segeberg nach Hamburg umgezogen war.

„Geschichte, ah, ist ja interessant. Hoffentlich ist sie damit zufrieden", sagte Jahn etwas abwesend und sortierte weiter seine Blätter.

„Ich ... hab auch schon länger nichts mehr von ihr gehört", gab Iris-Marie jetzt ein wenig kleinlaut zu und dachte, sie müsste jetzt wohl besser gehen. „Na dann, tschüss, Jahn – und viel Glück für dich", fügte sie hinzu und drehte sich zum Gehen um.

„Warte", entgegnete Jahn, als er alles verstaut hatte. „Wir können zusammen rausgehen. Ich bin jetzt so weit!" Liebevoll deckte er den Flügel mit einem Tuch ab. „Alles klar, komm – äh, wie heißt du noch mal?"

Und dann saß sie tatsächlich mit ihm in einem Café am Bahnhofsplatz. Jahn hatte ein Taxi herangewunken, kaum dass sie draußen an der Straße angekommen waren. „Du willst doch sicher auch noch nicht nach Haus!", hatte er gesagt und ihre Antwort gar nicht erst abgewartet. „Lass uns nen Kaffee trinken gehen, Marie!"

Er sagte ‚Marie', nicht Iris-Marie. Komisch, genau wie Matson sie immer nannte. Warum hatte sie überhaupt einen Doppelnamen?!

Ja, reden mussten sie auf jeden Fall, auch wenn sie sich kaum kannten und sich bloß aus den Augen verloren hatten. Nach dem ersten Kaffee – „zweimal, bitte" – folgte ein zweiter – „mit, bitte", also Irish Coffee –, woraufhin beide sogar sehr redselig wurden. Iris-Marie wusste nicht, wie es dazu kommen konnte, dass sie Jahn plötzlich von dem Leuchten am See erzählte, obwohl es doch ein Geheimnis zwischen ihr und Matson bleiben sollte. Aber Jahn hörte ihr sehr interessiert zu und nahm ihre Schilderung sogar ernst. Also war doch der Zeitpunkt gekommen, es jemandem zu erzählen. Man konnte ohnehin nicht immer alles für sich behalten – so, wie Matson.

„Beschreib das Licht", unterbrach Jahn sie und Iris-Marie versuchte es so gut wie möglich. In Jahns Augen konnte sie erkennen, dass er wahrhaftig war und ihr glaubte. Er hielt sie also nicht für verrückt. Matson glaubte ja immer, alle könnten ihn für geistig behindert halten, wenn er sich nicht absolut realitätsgetreu verhielt, deshalb war er vorsichtig bei dem, was er sagte. Dabei war doch alles wirklich so passiert, bloß eben ohne weitere Zeugen.

Irgendwann sagte Jahn dann: „Ich muss jetzt los, Marie, aber ich möchte, dass wir uns wiedersehen. Kannst du mich demnächst mal zu dir nach Hause einladen? Am besten so, dass ich auch deinen Bruder antreffe?"

„Ja, wieso nicht?" Iris-Marie freute sich sehr über seine Idee.

„Ich gebe dir mal meine Nummer." Jahn schrieb sie auf einen kleinen Zettel, den er aus seiner Tasche kramte, und Marie starrte dabei fasziniert auf seine schönen, ebenmäßigen, schmalen Hände. Zusammen mit einem Zwanzigeuroschein schob er ihr den Zettel zu, bis seine Fingerspitzen sanft ihren Arm berührten. „Bezahl für uns beide, ja? Und komm gut nach Hause." Dann wandte er sich zum Gehen, schenkte ihr noch ein geheimnisvolles Augenzwinkern und war schon weg.

Draußen, wo in der Dämmerung schon die ersten kleinen Sterne zu sehen waren, konnte sie verliebt zu dem großen Busbahnhofsplatz herübergehen und sehr verliebt noch zehn Minuten auf den Bus warten. Nein, jetzt war sie nicht mehr allein. Sie hatte einen Verbündeten gefunden, der ihre Träume teilte und sie ernst nahm. Ja, ernst genommen zu werden, das hatte was. Es beflügelte und ließ einen in eine andere, ruhigere Welt hinübergleiten, wo man sich nicht mehr so kindisch fühlte und sich gut benehmen wollte.

Drei Tage redete Matson kaum ein Wort. Er war immer gleich wieder weg, sobald sie sich überhaupt mal begegneten. Hatte er wieder ein Problem mit ihr? Dabei musste sie ihm doch dringend von der Begegnung mit Jahn berichten. Für lange Erzählungen war Matson zwar nicht zu begeistern, aber für eine kurze Berichterstattung gingen seine Ohren immer auf. Sie schrieb ihm eine SMS: *Hallo, Matson! Habe eine Neuigkeit. Bei Interesse bitte hallo sagen. Iris*

Spätabends klopfte es dann äußerst laut an ihre Zimmertür. Iris-Marie wollte gerade „Herein, wenn's kein Feind ist" sagen, aber Matson kam ihr zuvor und trat nur mit dem Wort „Hallo" forsch ins Zimmer.

„Komm rein", sagte Iris-Marie trotzdem. „Setz dich einfach irgendwohin."

Aber Matson blieb stehen und sagte nur kurz: „Deine Nachricht ist bei mir angekommen. Was gibt es?"

„Möchte der Herr vielleicht einen Tee oder dergleichen?", fragte sie und machte es damit wieder einmal spannend.

„Nein danke", sagte Matson sofort. Ob sie jetzt wohl völlig durchgeknallt ist? Aber Marie saß am längeren Hebel, also auf ihrem Schreibtischstuhl, und schon flog ein Utensil davon dicht an seinem Kopf vorbei. „Na gut", sagte Matson und ließ sich in ihren Sessel fallen. „Was möchten Sie mir mitteilen, Frau Marie-Iris Godslan?"

Godslan war ihr gemeinsamer Nachname und kam aus dem Englischen, denn ihr Vater war Engländer.

„Können wir uns deutsch verständigen? Ich bitte darum", fügte er hinzu. „Aber keine langen Reden – bitte."

England war mehr als eine ferne Insel für sie. Es war auch eine Bewusstseinsebene, die sie beide vereinte wie ein unsichtbares Band, auch wenn Matson das nie wirklich wahrhaben wollte. Dabei verhielt er sich seinem Wesen nach doch ziemlich englisch – immer etwas distanziert anderen gegenüber.

„Was spielst du? Hitler?", entgegnete Iris-Marie und sah ihn beleidigt an.

Hilfe, Schwestern!

„Nein", sagte Matson, „aber ich habe nicht viel Zeit, junges Frauengesicht. Hast du wenigstens ne Zigarette?"

Nein, die hatte Iris-Marie wahrscheinlich nicht. Zigaretten sind teuer und nicht leicht zu erwerben, außerdem gesundheitsschädlich, wie man in diesem Haushalt zu sagen pflegte. Trotzdem hatte Matson Godslan dieses Mal Glück, denn eine gebunkerte Schachtel hatte sie doch im Schreibtisch liegen. Die hatte sie neulich vom Verandatisch stibitzt. Herr Godslan rauchte nämlich heimlich wieder und Frau Godslan sollte das nicht merken. „Rauchen schadet und macht uns alle krank" stand in großen Buchstaben über dem Sekretär ihrer Mutter und traf alle im Haus Lebenden sowie jeden Gast, der zu Besuch kam, wie ein Pfeil ins Gesicht.

Aus der halbvollen Schachtel nahm Iris-Marie eine Zigarette heraus und kickte sie mit den Fingern zu Matson herüber, der sie geschickt auffing. „Feuer hast du wohl auch nicht? Aber danke", sagte er und lachte. Da war sie wieder, diese typisch englische Ausdrucksweise. „So, was gibt es jetzt? Sag's endlich", forderte Matson sie auf und gab sich selbst Feuer.

„Hm – immer ein Feuerzeug dabei, ja? Darf man mit sechzehn eigentlich schon rauchen?"

So, das reichte jetzt aber! Matson erhob sich vom Sessel und machte ein böses Gesicht.

„War nicht so gemeint", erklärte Iris-Marie schnell. „*Also*, was du wissen solltest, ist: Es gibt einen … Mitwisser."

„Einen was?", fragte Matson und setzte sich wieder hin.

„Ja, äh, er heißt Jahn und ist Musikstudent. Ich kenne ihn von Sigrid. Weiß nicht, ob du dich erinnerst. Sigrid, weißt du noch? Na, egal – jedenfalls hab ich Jahn wiedergetroffen und ihm später von dem Leuchten am See erzählt." So, der Anfang war geschafft … uff!

„Ja – und?", fragte Matson nach einer kurzen Erholungspause. „Deshalb schreibst du mir diese SMS?" Mehr fiel ihm dazu nicht ein.

„Haaaalloooo! Ich rede von unserem Geheimnis!", erinnerte Iris-Marie ihn, denn offenbar schien ihm das ja egal geworden zu sein.

„Geheimnis? Ach so, *Geheimnis*", wiederholte er jetzt mit einer besonderen Betonung. „Heißt zwar so, ist aber keins, oder wie?!" Matson stand wieder auf, um zu gehen. Er hatte jetzt wirklich genug von doofen Schwestern.

„Nein, warte! Bitte warte, Matson. Ich hab doch noch nicht alles erzählt. Außerdem beschäftigt sich Jahn mit ungewöhnlichen Phänomenen. Er glaubt mir! Und er will demnächst herkommen, hierher zu uns. Und du sollst dann auch da sein – darum hat er mich gebeten."

„Wozu?", fragte Matson unbeeindruckt.

„Mann, bist du blöde!", entfuhr es ihr jetzt doch ziemlich heftig.

„Danke, und du erst", gab Matson zurück, musste dabei aber lachen, denn er hatte es geschafft, sie aufzuregen.

„Na, meinetwegen. Sag Bescheid, wenn der Traummann da ist – wenn's das jetzt war?"

Ja, das war's ja eigentlich wirklich schon. „Okay", sagte sie erleichtert und erfreut. „Auf jeden Fall werd ich das. Danke."

Matson ging aus dem Zimmer, kam aber nach zwei Minuten wieder herein. „Ach ja, das kostet Zigaretten", sagte er cool und hielt die Hand auf.

„Bitte sehr", sagte Iris-Marie und gab ihm die ganze Schachtel.

„Gerne, danke", sagte er und verschwand.

4. Interessante Begegnungen

Bei der nächsten Gelegenheit, als sich die beiden zufällig in der Küche begegneten, stellte sich Iris-Marie dicht neben ihn an den Geschirrspüler, wo es furchtbar laut war, weil dieser aufgrund seiner Jahre inzwischen ein Eigenleben führte.
„Pst … Jahn hat sich gemeldet, will herkommen. Geht das klar für dich?"
„Hm, was?" Matson warf einen Blick zur Seite, wo seine Mutter an der Kaffeemaschine hantierte. Er hatte sie verärgert und wollte vermeiden, dass sie etwas mitbekam. „Ja, warum nicht?", sagte er. Und etwas gedämpfter: „Wann?"
„Ihr vertragt euch?", mischte Frau Godslan dazwischen. „Es geschehen noch Wunder in diesem Haus."
Ja, Wunder – die sollte es geben, aber nicht unbedingt in diesem Haus.
„Mittwoch? Ich soll ihn zurückrufen", hauchte Marie in sein Ohr.
„Nicht vor neunzehn Uhr", sagte Matson und ging aus der Küche.

Der Tag, an dem Jahn Merström sich auf den Weg zu den „Kindern" machte, wie er Iris-Marie und ihren Bruder insgeheim bezeichnete, kam schneller, als er gedacht hatte. Er selbst fühlte sich erwachsen genug, aber Teenies waren eher noch Kinder. Ständig dachten sie sich irgendeinen

Blödsinn aus, um sich interessant zu machen oder an Studenten heranzumachen. Umso besser aber, dass diese Marie nicht so eine war und ihre Geschichte stimmte. Außergewöhnliche Erscheinungsphänomene durch Licht und Geräusche gehörten zu seinem speziellen privaten Interessengebiet. Merkwürdig, dass er sich gar nicht an Marie erinnert hatte. Sigrids Freundin? Nee, da war sie wohl in eine seiner Gedächtnislücken hineingerutscht …

Das ging in seinem Studentenkopf herum, begleitet von Amadeus' 21., deren Klänge in seinen Ohren wie kleine Flügelschläge auf Wassertropfen munter und lebendig herumtanzten.

Dann stand er vor dem Haus der Familie Godslan, Nummer 23, am Ende einer kleinen Seitenstraße. Es war ein moderner Flachbau, dessen Fenster großzügig angelegt waren und den hell gepflasterten Betonboden davor berührten. Einen Vorgarten in dem Sinne gab es nicht, es raschelte nur hier und da geheimnisvoll im Frühlingswind ein kleiner Busch entlang des kleinen weißen Kieselpfades, welcher zu einer schweren Eingangstür aus Eichenholz führte. Sollte er klingeln – oder sein Kommen lieber übers Handy ankündigen? Ah … so was, das Handy hatte er doch gar nicht mehr.

Er ging durch die niedrige Eingangspforte den knirschenden Pfad entlang und drückte auf den kleinen Messingklingelknopf neben dem Namensschild, auf dem in eingestanzter Schrift „C. Godslan Erben" stand. Was für ein Name!

Es war nichts zu hören, kein Geräusch von innen, und es öffnete auch niemand. Also ging er mit einem kühlen Gefühl in der Brust um das stille Haus herum. An der Rückseite des Hauses bot sich ihm allerdings ein ganz anderer Anblick. Eine weite Fläche Baugrundstück erstreckte sich hinter einer ausgehobenen Erdgrube des Nachbargrundstücks und zwei große Garagen der Familie Godslan bildeten die Grenze. Ein kleiner gepflasterter Vorhof zeigte eine weit offen stehende Hintertür.

„Weißt du, Matson, ich hab darauf einfach keinen Bock mehr", hörte er eine Mädchenstimme laut verkünden, „schon lange nicht mehr!" Im nächsten Moment war ein klirrendes Geräusch zu hören, das sich wie zerspringendes Glas anhörte. Jahn ging vorsichtig hinein, befand sich in einem sehr engen kleinen Flur und erblickte als Erstes ein munteres, breit lachendes Jungengesicht, das ihn aber gar nicht wahrzunehmen schien und gleich darauf hinter einem Türrahmen verschwand. Jahn machte noch vorsichtiger einen Schritt voran und wäre beinahe mit Marie zusammengestoßen, die wie eine wild gewordene Katze aus der Küche hinausschoss. „Hey – oh, hallo, Jahn."

Er versperrte ihr den schmalen Durchgang mit seinem Körper, sodass sie direkt in seinen Arm fiel. „Hallo, meine Schöne, wo willst du denn hin?"

„Entschuldige – mein doofer Bruder", brachte sie aufgeregt hervor, „spinnt manchmal. Komm bitte rein."

Jahn folgte ihr den Gang entlang.

„Mit wem redest du?!", hörte er hinter sich jemanden rufen. Es kam aus der Küche, und als er sich umdrehte, stand ein gewisser doofer Bruder direkt vor seiner Nase, fragte cool: „Wer bist du?", und starrte ihn an.

„Ach – ich bin bloß Jahn. Und wer bist du?", gab Jahn ebenso cool zur Antwort.

Matsons Mundwinkel verzogen sich zu einem Lächeln. Jahns Reaktion gefiel ihm. „Matson", sagte er, „wer sonst."

„Klasse", sagte Jahn. „Dann sind wir ja schon alle zusammen – Augenzeugen und Experten." Dann folgte er wieder Marie.

„Hm, da bin ich gespannt", sagte Matson und ging hinterher. Etwas distanziert Fremden gegenüber war er ja nun mal, eben typisch englisch.

Bei einem kleinen Willkommensdrink, wie ihr Vater es immer bezeichnete, wenn ein Gast da war, saßen alle drei kurz danach im großen Wohnzimmer anstelle der Eltern, welche außer Haus und auf einer Versammlung waren. Sie tranken gemütlich Cola mit einem Schuss Bacardi. Dabei ließ es sich über alle besonderen Vorkommnisse locker reden, über das Hier und Jetzt und von der Zeit davor, als das Außergewöhnliche passiert war. Jahn hatte Übung darin, Kinder – oder Teenies – ein wenig zu steuern, wie er es selbst bezeichnete. Er hatte eben ein Talent dafür, sie für sich einzunehmen, besonders wenn es darum ging, seinen Interessen nachzugehen. Dadurch konnte er sogar harte Nüsse wie Matson aufknacken.

„Was hast du gesehen, Matson? Bitte erzähl mal genau." Er nahm einen großen Schluck aus seinem Glas und dann noch einen, nur, weil er ziemlich durstig war, nicht etwa, weil er sich besonders viel aus Alkohol machte. „Ich möchte nicht umsonst hierhergekommen sein. Eine Stunde musste ich laufen, dafür würd' ich jetzt gern mal was von dir hören."

„Was soll *ich* denn gesehen haben?!", sagte Matson etwas laut. „Na gut, da war was am See – warte kurz." Damit stand er auf und es sah schon so aus, als wollte er den Raum verlassen, aber er machte vor der Musikanlage Halt und kniete sich davor, immer noch mit dem Glas in der Hand. Als Iris-Marie etwas sagen wollte, hielt Jahn sie leicht an der Schulter zurück. Matson hantierte in der CD-Sammlung seiner Eltern herum, zog nach endlosen Minuten eine heraus und legte sie auf den Boden. Dann stellte er sein Glas auf den Tisch und legte die CD in den Player. Noch ein kleiner Augenblick und Amadeus' 21. durchfegte mit enthusiastischen, schnellen und aufregenden Klaviertönen laut den ganzen Raum. Stopp! Nee, das war es nicht. Matson tippte den Einstellungsknopf eine Ziffer zurück und schon war wunderschöne sanfte Klarinettenmusik zu hören. „Das, glaub ich, hab ich am See gehört, mit Marie, als plötzlich diese Leuchtscheinwerfer angingen. Kann ich jetzt bitte gehen?" Er nahm sein Glas wieder auf, schenkte noch einmal Cola nach und trank es aus.

„Klar kannst du. Ich danke dir, Matson! Wenn du noch was anderes vorhast, wünsche ich dir viel Spaß dabei. Danke sehr für deine Offenbarung."

Matson verzog das Gesicht zu einer Clownsmaske. „Nich dafür, gerne, danke auch, tschau!" Und schon ging er durch die Tür, während im selben Moment sein Handy klingelte.

„Dein Bruder ist wirklich ein komischer Vogel!", lachte Jahn sich kaputt. „Ich fass es ja nicht! Er ist super, Marie. Guck doch nicht so böse!"

Iris-Marie fand es eher peinlich, wie Matson sich verhalten hatte.

„Matson ist wirklich gut dabei – mit all seinen Sinnen. So einen hab ich ja überhaupt noch nicht kennengelernt!"

Gerade wollte Iris-Marie aufstehen und hinausgehen, so überflüssig kam sie sich vor, doch Jahns Stimme bekam auf einmal einen herzenswarmen Ausdruck. „Bleib doch bitte, Marie. Wir schenken uns noch einen ein, okay? Wenn es mir erlaubt ist, mach ich das für uns, ja? Ich weiß doch, dass ich hier nur der Gast bin."

„Ach, Matson also!", sprudelte es jetzt böse aus Marie hervor. „Der hat sich das doch sowieso nur ausgedacht! Ich hab überhaupt keine Musik gehört!"

„Jetzt beruhig dich mal wieder", sagte Jahn jetzt väterlich. „Setz dich doch wieder hin. Was ist denn los?"

„Also gut …", sagte sie und ließ sich wieder zurück ins Lederpolster fallen. „Da war keine Musik, bloß ein paar Töne, lange und kurze."

Was Jahn von dieser Aussage halten sollte, war ihm absolut nicht klar, aber er stand erst mal auf und ging zur Hausbar hinüber. Er wählte aus dem riesigen Präsentationsschrank zwei schöne Longdrinkgläser, welche er dann mit süßem Cherry und etwas Wodka zur Hälfte füllte. „Sag mal, Marie, wo finde ich denn Mineralwasser? Das muss unbedingt dazu – Erdbeersekt wäre noch besser."

„Moment", sagte Marie leise und ging zurück in die Küche. Sie ist ja so bezaubernd, fand Jahn. Und wie schön sie ist! Kurz darauf war Marie mit einer großen Flasche Wasser zurück. „Hier – Erdbeersekt ist leider aus."

„Klasse", sagte Jahn und freute sich, dass sie nicht mehr beleidigt war. „Wie alt, oder vielmehr jung, bist du eigentlich? Wenn ich mal so fragen darf" – er füllte jetzt die Gläser voll und sah sie dabei kurz an – „und dir meine Fragerei nicht zu sehr auf die Nerven geht."

„Sieb… – in vier Monaten werde ich achtzehn", sagte sie schnell. „Wieso?"

„Nur so", gab er zu. „Wir können ja schon mal darauf anstoßen." Er reichte ihr das Glas. „Prost, holde Schöne!"

„Äh, danke – dir auch prost", sagte Marie und nippte an ihrem Glas. Hm … wie gut schmeckte das denn! „Darf ich denn auch mal fragen, wie alt du schon bist?" Das „schon" betonte sie dabei absichtlich.

„O, ach, fragen Sie nicht!", scherzte Jahn. „Ich bin ein alter Mann … jedenfalls auf dem langen Weg dahin." Er trank aus seinem Glas, während er sie im Auge behielt.

„Und was heißt das jetzt?", wagte Marie sich weiter vor. „Heißt es, dass du in ein paar Jahren tot bist?"

„Not realy – nein, das wäre zu früh für mich. Eigentlich hab ich gar nicht vor, zu sterben, und du?", gab er zu verstehen, während er sich an die Musikanlage begab und alles neu einstellte. Amadeus' Klavierzauberklänge erfüllten wieder den Raum und gleichzeitig Jahns Gehirn.

„Jetzt sag schon, wie alt du in Wahrheit bist", sagte Marie und kam etwas schwankend auf ihn zu. Als sie bei ihm angelangt war, legte er sofort beide Arme um ihre Taille und sah ihr in die Augen.

„Kannst du mit der Wahrheit überhaupt umgehen?" fragte er, statt ihr eine Antwort zu geben, und hatte Lust, sie zu küssen. Er bewegte sie dabei leicht und sanft zur Musik und nahm ihr das Glas aus der Hand, sodass es sich ganz wunderbar anfühlte. Aber küssen wollte er sie dann doch nicht. Warum nicht? Dabei schmiegte sie sich jetzt so sehr an seinen Körper und in seine Arme. Es fühlte sich so schön an, wie er sie hielt …

„Ich … muss jetzt leider los, meine Schöne", hauchte er ihr ziemlich heftig ins Ohr und ließ sie dabei langsam wieder los. Jetzt sah Marie in zwei wundervolle, klare, glänzende Augen. Jahn erwartete, dass sie ihm einen kleinen Abschiedskuss geben würde, aber Marie war jetzt etwas irritiert und hatte ziemlich gerötete Wangen.

„Ich rufe Sie wieder an", sagte Jahn und nahm seine Jacke. Dann umarmte er sie noch einmal. Ja, er musste jetzt schnell gehen, bevor das erotische Gefühl ihn völlig vereinnahmte. „Du hörst von mir", sagte er, sah sie noch einmal mit einem festen Blick an – und los!

5. Merkwürdige Phänomene

Iris-Marie träumte von Jahn – wie er ihr nachts in ihrem Bett begegnete, wie sie sich lange küssten und nicht damit aufhören konnten. Ja, so war es. Aber sie traute sich nicht, ihn anzurufen, denn *er* wollte sich ja melden. Bestimmt ist er verhindert, hat Studienarbeit, tröstete sie sich selbst. Schwul? Nee, dass das nicht sein konnte, hatte sie sehr deutlich gespürt, als er sie in seinen Armen gehalten hatte …

Stattdessen rief er bei Matson an, wie sich später herausstellte. Sie hatte keine Ahnung, woher Jahn Matsons Nummer hatte. Aber als sie Matson danach fragte, sagte er nur: „Hab ich ihm gegeben, als er angerufen hat, für alle Fälle."

Was sollte das denn bedeuten? Wann angerufen? „Wieso für alle Fälle?", wollte Marie wissen.

„Falls ein Ufo vorbeisteuert", sagte Matson großspurig und grinste dabei.

„Und was hat er gesagt?", fragte sie weiter und bemühte sich, cool zu bleiben. Wenn ihr aufregender „Mozartjahn" nur Interesse an ungewöhnlichen Phänomenen hatte, dann war er eben nicht in sie verliebt – na und!

„Nichts Besonderes, Marie. Ich treffe mich morgen mit ihm", sagte Matson. „Danke für das Gespräch – auf Wiedersehen."

Matson traf sich tatsächlich mit ihm. Nicht nur einmal, sondern beinahe regelmäßig an den Wochenenden. Aber davon sagte er Marie nichts, weil Jahn ihn darum gebeten hatte. Nicht, dass die beiden wieder Streit bekämen. Das wollte er nicht. Leider hatte Matson völlig vergessen, seiner Schwester Liebesgrüße von ihm auszurichten.

„Und – wie war das Treffen mit Jahn?!", wollte Iris-Marie gleich nach dem ersten Mal wissen.

„Absolut interessant! Er hat viele Fotos gezeigt von … Vorkommnissen", gab Matson begeistert zur Antwort.

„Was denn für *Vorkommnisse*?", äffte Marie das Wort nach. „Ihr spinnt doch bloß!"

„Ach, nur Videos und Bilder von Raumschiffen, Sonnenstürmen, Polarlichtern und dergleichen, von so was eben – also nichts wirklich Interessantes für dich. Ach so, und er lässt dich grüßen." Damit hatte Matson sich eine Packung Eistee aus dem Kühlschrank gegriffen und war wieder verschwunden.

So, so, dachte sich Iris-Marie, es soll mich nichts weiter angehen. Ja, dann konnte Jahn sie mal … „Dann eben nicht! Fickt euch doch!", sagte sie beinahe unhörbar zu sich selbst. Ja, Brüder und Studenten konnten schon ziemlich gemein sein. Auch wenn sie es sicher nicht so meinten.

Natürlich meinten sie es nicht so. Und sie hatten auch gar nicht vor, gemein zu sein. Matson stellte sich im Umgang mit Mädchen aber immer etwas unbeholfen an. Er war zu jung, um ihre empfindsame Seele zu beleuchten. Schwestern sind hauptsächlich zum Herumtoben und ein bisschen zum Ärgern da, ansonsten kann man nicht viel mit ihnen anfangen, fand er.

Matson ahnte natürlich nicht, wie alleingelassen Marie sich fühlte und dass sie später in ihrem Bett heimlich weinte. Sie wollte von geheimnisvollen Phänomenen und „Vorkommnissen" überhaupt nichts mehr wissen – und von Küssen mit Jahn auch nicht. Nur, dass sie sich von Matson zurückzog und sie beide sich in dem meist leeren Haus kaum noch sahen, fiel ihm dann doch auf.

Die Treffen mit Jahn faszinierten Matson. Nie zuvor war ihm jemand begegnet, der so viel wusste wie Jahn. Und er fühlte sich jetzt wie ein Partner von ihm, weil Jahn, immer außerordentlich freundlich und dennoch sehr ernsthaft, ein paar Stunden mit ihm teilte, in denen sie zusammen nachforschten.

In Jahns kleiner Wohnung stand ein Klavier, sonst aber wirkte alles ziemlich chaotisch. Es lagen Wäsche und anderes Zeug auf dem Fußboden und den Tischen. Der PC war ständig online. Einen Fernseher hatte er überhaupt nicht. In der Regel rief dauernd irgendjemand an, und manchmal ging Jahn einfach nicht ans Telefon, wenn die beiden dabei waren, im Internet zu stöbern, obwohl es meist um wichtige Termine ging. Ein Handy hatte er sich gar nicht erst angeschafft. „Die paar Minuten freie Zeit lass ich mir nicht auch noch nehmen", pflegte er jedes Mal zu sagen, wenn Matson ihn wiederholt nach seiner Handynummer fragte. „Für den Notfall schaff ich mir demnächst eins an", fügte er aber beim nächsten Treffen hinzu. Notfall? Was denn für'n Notfall? „Der könnte auf uns zukommen", erklärte Jahn. „Aber jetzt noch nicht."

Bei Jahn gab es auch nie etwas Richtiges zu essen, dafür aber viele Arten von Knabbereien, die in diversen Schalen, überall in der Wohnung verteilt, auf den Möbeln herumstanden. Auch häuften sich Pudding- und Joghurtbecher, leere und volle durcheinander, an verschiedenen Plätzen.

Seine Wohnung bestand aus zwei kleinen Zimmern und einer Miniküche, die wie ein Abstellraum aussah. Im größeren Zimmer standen das Klavier, zwei riesige Lautsprecher, ein Kleiderständer und ein Regal mit T-Shirts und Wäsche, sonst nichts. „Hier brauche ich Raumruhe", hatte Jahn erklärt. Im kleineren Zimmer standen ein großes Bett und der Schreibtisch mit dem PC. Hier herrschte das meiste Chaos. Cool, dachte Matson, aber so könnte ich nicht wirklich leben.

Er liebte die Sauberkeit, auch wenn er sich oft „einsaute", wie er es bezeichnete. Dann aber zog er sich sofort um. Ja, er verabscheute Unrat und Flecken jeglicher Art. Aber auch Jahn war selbst niemals schmutzig. Das Chaos um ihn entstand aus Zeitmangel, da er ständig an irgendetwas arbeitete. Er schien dennoch über alles erhaben zu sein. Seine Seele blieb unberührt davon und kein Staubkorn konnte ihm etwas anhaben.

Als Matson am vierten Wochenende bei Jahn eintraf, fragte er ihn von sich aus, ob Jahn etwas mit Marie angefangen habe. Das war ja nun ganz untypisch für Matson, aber er brauchte Klarheit, weil Marie nicht mehr mit ihm redete.

Jahn war sehr überrascht. Es war Freitagabend, neunzehn Uhr. Er war gerade erst nach Hause gekommen. „Moment, ich bin gleich bei dir!", sagte er und verschwand in der Miniküche. Gleich danach war er wieder zurück, mit zwei Bieren einer außergewöhnlich anspruchsvollen Marke, und stellte noch zwei große Gläser auf den kleinen Tisch. Mit zwei Klicks öffnete er die Flaschen und setzte sich Matson gegenüber in einen der kleinen Cocktailsessel gleich neben der Tür. Das war ziemlich ungewöhnlich, denn sonst gab es bei Jahn immer nur Cola oder Cola-Brause-Mix.

„Entschuldige, Matson", sagte er. „Ich bin gerade erst angekommen – komme direkt von der Uni. Komm, lass uns ein Bier trinken. Erzähl mal, was gibt es denn von deiner holden Schwester?"

„Nichts", sagte Matson. „Ich sehe sie bloß kaum noch. Hast du was mit ihr?"

„Mit deiner Schwester?" Jahn sah ihn wachsam an. „Wie meinst du das?"

„Weiß nich – war nur so ein Gedanke. Kann ich ne CD von mir reintun?"

„Aber klar."

Matson sah zu, wie Jahn das Bier schäumend in ein Glas fließen ließ. Er hielt es dabei schräg und tippte währenddessen daran – mit seinen wundervollen, geschmeidigen Fingern –, übereinstimmend mit den Klaviertönen aus dem Hintergrund. Das Gleiche tat er dann mit seinem Glas, schenkte dreiviertel voll ein und schaute dabei auf den goldenen Quell, der von unten nach oben sprudelte wie der Atem kleiner Fische, bis die Schaumkrone emporragte.

Matson saß inzwischen an der Musikanlage. Kurz darauf dröhnte „Street Fighter Sound" von Sammy Deluxe in ihren Ohren. Jetzt aber war Jahn ganz froh darüber, denn es hätte etwas peinlich für ihn werden können, wenn Matson am Thema Marie festgehalten hätte.

„Deine Schwester ist einmalig schön, aber ich habe nichts mit ihr!", rief er zu Matson herüber, als der ihm wieder gegenübersaß.

„Aha!", entgegnete Matson. „Schön wie eine Prinzessin, oder was?"

„Ja! Und noch viel schöner!"

Jetzt lachten beide ausgiebig und tranken wunderbares Bier.

Später, als Matson wieder losmusste, weil er im Fastfood-Center Spätdienst hatte, fragte Jahn, als sie an der Tür standen, doch nach: „Verrat mir mal, wie rar sich unsere Prinzessin macht?" Dabei hielt er Matson fest in seinem offenen Blick.

„Keine Ahnung. Wieso? Hat sie etwa doch Liebesleiden wegen dir?"

„Das weiß ich nicht", gab Jahn kurz zur Antwort. „Tschüss, Matson."

„Ruf sie besser mal an", sagte Matson, bevor er die Treppen hinunterlief.

Ja, Matson konnte schon ein echter Held sein, wenn's zufällig mal angebracht war. Helden sind in Wirklichkeit auch nur Clowns und Träumer – ständig auf der Suche nach dem, was sich irgendwo und hinter irgendetwas verbirgt in dieser rauen Welt, die voll von Lügen ist. Auch Jahn war so ein Träumer – und Marie vielleicht auch.

Die aber war nicht erreichbar. Sie saß am Ufer des Sees, ganz allein, und betrachtete den Sonnenuntergang. Ihr Handy war ausgeschaltet.

6. Alarm mit Amadeus!

„Sag mir bitte, wo deine Schwester ist, dann ist wieder Friede auf Erden!", empfing ihn seine Mutter an der Haustür, leicht bekleidet im Morgenmantel, als Matson spät in der Nacht nach Hause kam.

Marie ist also nicht zu Hause, durchfuhr es Matsons Gehirn wie ein Schlag. „Sie ist bei … bei Julia", log er schnell, froh darüber, dass seine Gehirnzellen noch genügend aktiviert waren, wenn der Feind in Form einer besorgten Mutter vor ihm stand. Gut, dass ihm der Name einer ihrer Freundinnen eingefallen war! „War's das?", fragte Matson und versuchte, an ihr vorbeizugehen.

„Ach, bei der Julia! Gott sei Dank. Nächstes Mal sagt ihr mir bitte Bescheid, wenn ihr bei euren Freunden übernachtet. Ich habe bisher noch kein Auge zugemacht!" Sie ließ ihre aufgeregten Hände wieder sinken, mit denen sie ihren Sohn noch festhalten wollte, aber Matson war schneller.

„Nacht, Mama", sagte er und stapfte an ihr vorbei wie ein müder Ritter, der sein Lager herbeisehnte, war dann gleich an seiner Zimmertür, die sich auftat und hinter ihm wieder schloss wie der Felsen „Sesam, öffne dich und schließe dich".

Matson war müde, aber nicht mehr so richtig müde, denn Marie … Marie war also nicht im Haus. Und das beunruhigte ihn. Er musste es jemandem mitteilen, und dieser jemand war natürlich Jahn. Matson versuchte es zwei-, dreimal. Niemand meldete sich. Geh ran, bitte. Ich muss dich sprechen, Jahn Merström! Alter, geh ans Telefon! Nichts. Sollte er es noch ein viertes Mal versuchen? Mann, war er etwa schon wieder zu Amadeus' Klängen eingepennt? Hoffentlich nicht mit Kopfhörern.

Amadeus, Amadeus, …deus, …deus, summte er vor sich hin, öffnete seine Tür und bemühte sich, so leise wie möglich zum Wohnzimmer zu gehen. Genau das konnte ja nur der Schlüssel sein – Amadeus bis in die Ohren von Jahn!

Im großen Wohnzimmer herrschte absolute Stille. Drei winzige Sterne bildeten ein Dreieck, das durch das Fenster zu sehen war. Doch Matson nahm das gar nicht wahr, denn wenn ein Held es eilig hat … Er durchsuchte sämtliche CDs im Regal des großen Wohnzimmerschranks: Beethoven, immer noch Beethoven, Dvorak, Gershwin, Liszt, Mahler – Mozart! „Eine kleine Nachtmusik", vollständige Ausgabe – die nicht. „Gesammelte Werke", Opern – die auch nicht. Verdammt, die 21. war nicht dabei!

Der arme Matson. Ganz erschöpft ließ er sich auf das Ledersofa fallen. Ich bin nur ein blöder Irrläufer, dachte er jetzt, ein ganz untauglicher Bruder … Gerade wollte er einfach nur einpennen, wo er lag, nie wieder aufstehen und alles egal sein lassen. Aber da waren ja noch die drei kleinen Sterne, und die konnten ein Licht zaubern, das hell und stark genug war, um etwas, das auf dem Tisch lag, anzustrahlen. Wenn das mal nicht Amadeus' 21. war! „Himmel", stieß Matson leise aus, „ich glaub's ja nicht!"

Schnell zurück in sein Zimmer damit. Auf dem Weg dahin klingelte plötzlich sein Handy im Sweater.

„Hallo, Matson! Ich hoff ma sehr, ich stör dich nich su schpäter Schtunde …" Jahn schien ein wenig betrunken zu sein – oder auch etwas mehr.

„Sag mal, bist du besoffen? Mensch, Alter! Ich versuch die ganze Zeit dich anzurufen!" Matson erreichte sein Zimmer und verschwand wieder darin.

„Be…soffen? Nee, wieso?"

„Egal!", sagte Matson. „Hör zu! Marie ist nicht hier. War sie vorhin vielleicht bei dir?"

Kurzes Schweigen am Telefon, bloß Jahns Atem war zu hören. „Nee, war sie nich. Moment, Matson, ich ruf gl…eich surück." Klick und weg.

Nach etwa zehn Minuten rief er wach zurück. Er hatte sich schnell einen Kaffee aufgegossen. „Ich höre, deine Schwester ist nicht zu Hause? Bei mir ist sie nicht. Wann hast du sie denn zuletzt gesehen?"

„Weiß nicht. Ist das jetzt n Verhör, oder wie soll ich das verstehen?"

„Na gut, wir sollten was unternehmen. Können wir uns treffen – am See? An der gleichen Stelle, wo ihr neulich gewesen seid? Schaffst du das? Ich weiß, wo's ist – nehme ein Taxi dahin."

„Okay …"

„Gut, klasse, Matson. Nimm den Nachtbus. Der fährt in zwölf Minuten bei dir los – sehe ich hier grad auf dem Schirm."

„Geht klar, bis gleich, tschau."

Wenn es etwas gab, das Matson schaffen konnte, dann war es, so schnell wie möglich aus dem Haus zu kommen, in dem es keine Marie gab, und in weniger als sieben Minuten an der Bushaltestelle zu sein.

Am Ufer des Sees herrschte absolute Dunkelheit – neblig war es auch. Matson stapfte über die nassen Wiesen. Und wo war jetzt Jahn? Er fand zwar die Stelle wieder, diese kleine Schneise, wo er mit Marie gewesen war, und rief auch ein paarmal seinen Namen, aber von Jahn war nichts zu sehen und nichts zu hören. Na super, dann kann ich ja wieder nach Hause gehen! Doch dann hörte er ein lautes Knacken im Dickicht hinter sich.

„Hier, Matson!", rief Jahn mit gedämpfter, tieferer Stimme. „Hierher, aber leise!"

Matson drehte sich um. Ein helles kleines Licht von einer Campingleuchte ließ erkennbar werden, wie Jahn sich abmühte, ein Zweimannzelt aufzubauen. Matson bahnte sich einen Weg über zwei, drei Äste, die sperrig herumlagen. „Mann, was machst du?!", rief er und sah ihm erstaunt zu.

„Sei leise, oder willst du schlafende Schwäne und Enten wecken? Komm, hilf mir lieber. Halt mal diese Stange fest." In Jahns Stimme lag etwas Beruhigendes, sodass Matson widerspruchslos die Zeltstange festhielt und gar nichts mehr sagte. Am besten cool bleiben. Das war's, worauf es jetzt ankam, und möglichst nicht am Verstand von durchgeknallten Studenten zu zweifeln …

„Willst du hier übernachten?", fragte Matson nach einer Weile.

„Ja natürlich, oder wonach sieht es für Sie aus, jugendlicher Wissenschaftler? Die Nacht ist bald zu Ende. Wir müssen hierbleiben, sonst können wir Marie nicht finden."

Marie finden, ja, deshalb war Matson doch hergekommen.

„Alles okay", sagte Jahn. „Es ist vollbracht. Ich danke dir, mein Lieber. Das hast du gut gemacht. Ohne dich wären wir wahrscheinlich verloren in der Einsamkeit."

Jetzt mussten beide lachen.

„Ich nehme mal an, dass du was zum Essen dabeihast. Oder muss ich noch mal zum nächsten Imbiss gehen?", hakte Matson nach, denn sein Magen meldete sich hungrig, was er nicht ignorieren konnte.

„Nein, musst du nicht – alles dabei", sagte Jahn wichtig.

Also wahrscheinlich wieder Nüsse, dachte Matson und hörte seinen Magen nach einem handfesten Burger schreien.

„Ich habe alles dabei", wiederholte Jahn. „Diese Ausrüstung hat mich über 250 Euro gekostet, aber alles komplett, mit Campingkocher, Lampe, Schlafsäcken und Survival Trocken-Food."

Im großen Zweimannzelt konnte man es gut aushalten, während ein kleiner Topf auf einem Gaskocher vor sich hin dünstete und es nach einem frischen Pilzgericht mit Paprika roch.

„Gibt's auch frisches Brot dazu?", witzelte Matson.

„Leider nicht in der Ausrüstung inbegriffen, aber ich hoffe, es schmeckt dir trotzdem."

Na, Hauptsache Essen … Es war gut, dass er hergekommen war. Helden sind eben anspruchsvoll.

„Was jetzt?", fragte Matson, nachdem er seine Schale leer gegessen hatte. „Oder glaubst du, Marie kommt hier gleich vorbei und sagt ‚Guten Abend, da seid ihr ja'?"

„Warum nicht? Es wäre schön, wenn's so wäre. Sie ist am See, das ist ziemlich sicher – ja, das weiß ich. Wir halten hier den Stützpunkt."

„Das kannst *du* ja machen", sagte Matson und stand auf. „Danke für das Essen – ich muss jetzt los, sie finden."

„Warte, junger Freund. Setz dich bitte wieder hin", sagte Jahn schulmeisterhaft. „Wir machen es anders. Was siehst du hier?"

„Eine Campinglampe?"

„Schon falsch. Es handelt sich eindeutig um eine Scheinwerferlampe. Du scheinst wenig Ahnung von der modernen, neuzeitlichen Technik zu haben. Diese Scheinwerferlampe kann ich mit diesem kleinen kompakten Lautsprecher koppeln", sagte Jahn und fing an, aus einer großen Tasche diverse Dinge wie Anschlusskabel, ein neu erworbenes Handy und eine kleine Box hervorzukramen. Kurze Zeit später ließen sich nach einigen fachmännischen Basteleien ziemlich bekannte Töne wahrnehmen.

„Was sagst du jetzt?", fragte Jahn. „Amadeus' Klänge haben eine Reichweite wie das Scheinwerferlicht, also über den ganzen See."

„Über den ganzen See", betonte Matson noch einmal ironisch. „Und wie soll das bitte gehen? Mit dieser Kleinkunstanlage etwa? Hallo? Ich schätze mal, der See erstreckt sich über mindestens zweieinhalbtausend Meter!"

„Ja, da hast du genau richtig geschätzt, Matson", erwiderte Jahn nur kurz. Im nächsten Moment durchbrachen geheimnisvolle, wunderbar rauschende Klänge die Nacht bis weit in alle Richtungen. Tja, da musste sich Matson erst einmal wieder hinsetzen. Studenten spinnen nicht nur, sie sind einfach genial!

Iris-Marie saß am Ufer des Sees, irgendwo da, von wo aus es nicht weit bis zur Bushaltestelle war. Sie hatte bloß schnell eine Stelle finden wollen, wo man endlich mal allein sein konnte. Sie wollte einfach nur dasitzen und über den See starren. Das war besser als irgendetwas anderes auf der Welt.

Aber der See hatte seine Schönheit verloren – als wäre er ein Teil von allen Grausamkeiten geworden, die ihr Herz verletzt hatten. Er lag da, vor ihren Augen, kalt, einsam und dunkel – und so leblos … Kein Vogel bewegte sich in der Dunkelheit. Keine Schwanenfamilie durchzog seine Wellen, die gleichbleibend an das Ufer schwappten. Wie ein großer gestrandeter Fisch, der im Sterben liegt, sah er aus.

Ich bin verloren …, dachte Iris-Marie. Und es gibt niemanden auf der Welt, der mich liebt – Jahn nicht und Matson erst recht nicht. Er war eben nur noch ihr Bruder. Nichts konnte sie mehr mit ihm teilen – nicht mal mehr ihre gemeinsamen Erlebnisse, die immer so abenteuerlich gewesen waren ... bis Matson sie verlassen hatte. So gemein! Wozu lebe ich?, dachte sie. Kein Mond und kein Stern waren da als tröstende Begleiter. Alles um sie herum war nur neblig und dunkel. So, als könnte man ebenso gut sterben. Niemand würde darüber wirklich unglücklich sein. Höchstens traurig würden ihre Eltern sein, aber unglücklich? Wer sollte das sein?

Wenn Amadeus' Klänge über den Äther fliegen, gibt es kein einziges kleines, geflügeltes Insekt, das von seinen Melodien nicht verzaubert ist. Alle größeren Lebewesen sind es sowieso. Denn Amadeus hatte die Gabe, alles in seinem Umkreis zu erhellen – und dieser Umkreis hat sehr weite Ausmaße! Amadeus' Töne kommen immer auch aus der Ferne ... Wenn jemand einen so wundervollen, wohlklingenden Namen trägt, kann er gar nicht anders, als seine verloren gegangenen Geschwister wiederzufinden. Manche Fähigkeiten werden einem in die Wiege gelegt – von weit her, von einer anderen Welt, aus der wir gekommen sind.

Woher kommt die Musik? Marie drehte sich in alle Richtungen um. Und wieso ist es plötzlich hell?! Niemand war zu sehen, aber Amadeus' Sonaten rauschten durch Blätter und Schilfgras, lösten alles Dunkle und Schwere wie ein heilender Zauber in einer Sekunde auf! Der schwarze Fisch war nicht mehr da. Kleine, sanfte Wellen plätscherten jetzt ans Ufer und erste kleine Vögel wagten Zwitschereinlagen. Was passierte hier?

„J...Jahn?", rief sie und spähte durch die Büsche und die schmalen Bäume hinter dem Ufer. Das konnte doch nur Jahn sein! „Jahn!", rief sie jetzt noch einmal sehr laut.

„Da ist sie", sagte Jahn zu Matson. „Was hab ich gesagt?"

Über Matsons Gesicht breitete sich ein freudiges Lächeln aus. „Ich hol sie!", rief er aus und war schon weg durch die Sträucher.

„Tja, ja", sagte Jahn Merström mehr zu sich selbst. „Ein Wort des Dankes wäre jetzt wohl angebracht."

„Hey, Marie! Wohin des Weges, wenn ich fragen darf?", brachte Matson belustigt über die Lippen. „Verlaufen? Oder was machst du hier?" Er sah sie jetzt aus nächster Nähe durch die Vergabelung eines Baumes.

„Wie ... wo kommst du denn her?! Ist Jahn auch hier?"

„Das war ja klar. Ja, Jahn ist auch hier. Alle sind hier", sagte Matson, „sogar dein Mozart, wie du hörst."

Marie lachte jetzt wieder froh und ging langsam auf ihn zu, im Takt von Amadeus' Klängen.

„Such uns doch!", schrie Matson jetzt auf und huschte mit einem Satz durch die Büsche.

Oh, Matson, lauf nie wieder weg!

„Hallo", sagte Marie, als sie endlich ankam. „Wieso seid ihr denn auf einmal hier?"

Das Leben kann aufregend und schön sein, wenn es einen wiederhat! Bloß finden muss es einen, wenn man schon fast verloren gegangen ist. Manchmal jagt es einem aber auch nur einen Schrecken ein, so, wie es Matson erging, als Marie plötzlich weg war. Ohne Jahn hätte er sie vielleicht nicht wiedergefunden. Das wurde Matson klar, als er später im Zelt lag, während Marie und Jahn noch draußen saßen und Süßholz raspelten, wie sein Opa es bezeichnen würde – und wovon Matson eigentlich nichts hören und nichts wissen wollte. Oh, dieses Liebesgeflüster! Grauenhaft!!

Er hatte vor ein paar Tagen in der Zeitung einen Artikel gelesen, in dem es um ein Mädchen ging, das im gleichen Alter wie Marie war und sich vom Leben verabschiedet hatte – aus Liebeskummer! Sie hatte sich mit zwei Flaschen Wodka betrunken und war dann von einem Steg aus in den See gefallen.

Eigentlich müsste Marie doch froh darüber sein, dass er sie gerettet hatte, anstatt jetzt albern mit Jahn rumzumachen … Ja, an den verschwendete sie doch nur ihre Zeit. Als wenn Jahn ein Mann zum Verloben wäre! Klar hatte Jahn was drauf mit seinen ganzen Wissenschaften … Aber heiraten würde der doch nie. Dazu war Jahn nicht auf dieser Welt! Und treu sein? Sowieso nicht – ganz sicher nicht! So viel wusste Matson und wälzte sich in halb dösendem Schlaf von einer auf die andere Seite.

Dann stand er wieder auf, zog den Reißverschluss vom Zelteingang hoch, stellte sich aufrecht vor die beiden hin, die da mit Küssen und Umarmungen beschäftigt waren, und klopfte sich dabei den Schmutz von den Kleidern. „Schönen Abend noch!", sagte er dann laut, setzte seine Kopfhörer auf und machte, dass er bloß weg von hier kam.

Seit dieser Nacht war alles anders. Matson ging nicht mehr zu Jahn. „Danke, dass du dich um meine Schwester gekümmert hast", sagte er zu Jahn am Telefon, als der ihn ein paar Tage darauf auf seinem Handy anrief. „Ich hab jetzt leider keine Zeit für dich. Sorry – mein Sportprogramm ruft nach mir."

„Ich verstehe", antwortete Jahn. „Und jetzt bist du böse auf mich?"

„Warum sollte ich?", sagte Matson im arroganten englisch style.

„Wegen Marie und mir, weshalb denn sonst? Tut mir leid, dass du uns zusehen musstest. Aber sie ist doch bloß deine Schwester. Kein Grund, sich wie ein eifersüchtiger Rivale aufzuführen."

„Ja, wie gesagt", ignorierte Matson diese Aussage, „ich hab jetzt keine Zeit. Was du mit meiner Schwester hast, geht mich nichts an. Auf Wiederhören." Und dann hatte er aufgelegt.

So wunderbar und aufregend es mit Jahn am See gewesen war, so schnell war es für Iris-Marie auch wieder vorbei gewesen. „Besser, du fährst jetzt auch nach Hause", hatte

Jahn zu ihr gesagt, nachdem er Matsons spontanen Aufbruch mit den Augen verfolgt hatte. Er war wie erstarrt darüber, auf welche Art sich Matson von ihnen entfernt hatte.

„Was?" Marie hatte nicht glauben können, was er gesagt hatte.

„Es ist besser so. Ich kann dich leider nicht zum Bus bringen, möchte die Sachen hier nicht unbeaufsichtigt zurücklassen. Ich hau mich auch gleich erst mal hin, denke ich."

Aber weil Marie keine Anstalten gemacht hatte, aufzubrechen, hatte er sie plötzlich ganz fest umarmt und sehr leidenschaftlich überall hin, ins Gesicht und auf den Hals, geküsst und ihr dabei „Kannst du das nicht verstehen?" ins Ohr geblasen.

„Ih, lass das!", hatte Marie aufgeschrien. „Ich will jetzt sowieso los!"

Danach hatte er es wieder getan und gesagt: „Ja! Das solltest du wirklich tun", und wieder heftig an ihr herumgeknutscht. „Wirst du es jemals verstehen können, meine Schöne, und den Weg allein nach Hause finden?"

Das war ihr dann so unangenehm und etwas unheimlich gewesen, dass sie von selbst endlich losgegangen war.

Aber Jahn dachte nur: Mädchen ... Matson hat recht, sie sind kompliziert.

7. Forscher geben nicht auf!

Ja, so schnell konnte man durch sein mit den Jungs. „Mit Jahn?! Weißt du, der kann mich mal", sagte Iris-Marie, als Matson irgendwann wissen wollte, wie's denn am See mit ihrem Verlobten noch so war. Er hatte gar nicht gemerkt, wie Marie eine Stunde später ebenfalls zurück gewesen war, – mit dem nächsten Nachtbus. Sie hatte sich ins Haus geschlichen, weil alles nur peinlich gewesen war!

Aber neugierig war Matson immer schon gewesen, deshalb dauerte es gar nicht lange, bis er sich wieder bei Jahn meldete.

„Na, du bist mir ja ein schöner Freund", sagte Jahn. „Erst lässt du mich hängen ... aber, ach, ist egal. Hab jetzt allerdings keine Zeit. Ich muss Privatstunden geben. Äh, warte. Heute ist Mittwoch – Freitagabend wäre passend. Komm am besten gegen sieben zum Zelt. Dann können wir weitermachen, okay?"

Ja, klar war das okay! Matson war sehr überrascht. Oh Mann, war das super! Jahn hatte das Zelt noch gar nicht abgebaut! Marie sagte er aber lieber nichts davon, denn Mädchen machen wichtige Forschungsarbeiten nur zunichte. Sie sind dafür einfach nicht geschaffen.

„Was? Das soll eine Waldschnecke sein?! Im Leben nicht! Mein lieber Matson, mir scheint, Sie haben im Biologieunterricht nicht richtig aufgepasst. Schauen Sie doch mal genauer hin. Dann wird deutlich, dass es sich um ein verirrtes Raupentier handelt." Jahn ließ die kleine grüne, überaus niedliche Raupe zwischen seinen Fingern balancieren.

„Na, dann eben eine verwirrte Raupe", sagte Matson. „Wo ist da der Unterschied? Passiert hier heute Abend noch was?"

Ja, das wusste Jahn natürlich auch nicht, ob heute oder morgen oder in ein paar Tagen. Doch dass etwas passieren würde, dessen war er sich sicher, denn dafür war er hergekommen, zur Beobachtung der Geschehnisse am See.

„Wenn wir keine Geduld mitgebracht haben", sagte er ruhig, „können wir gleich alles wieder abbauen."

Aber bevor er weiterreden konnte, sagte Matson: „Klar, weiß ich doch. Aber hat der Herr Forscher was dagegen, wenn ich mal kurz baden gehe?"

Nein, natürlich nicht. Auch wenn es mitten in der Nacht war und nicht gerade sonnig. Aber warm war es für eine Nacht Mitte Mai, sogar ungewöhnlich warm. „Gehen Sie ruhig schwimmen, Herr Godslan", sagte Jahn scheinbar gleichmütig, „aber verkühlen Sie dabei nicht den See."

Ja, so ist das, wenn zwei Forscherseelenverwandte zusammentreffen. Sie sprechen plötzlich eine ungewöhnliche Sprache, denn wer einmal Amadeus' Herzblut versteht, hat ihn immer und überall!

Matson zog Schuhe, Strümpfe und Jeans aus, bevor er langsam und vorsichtig in die seichten Wellen ging. Er schaute über den See, der ruhig und geheimnisvoll vor ihm lag. Am Himmel zeigten sich hier und da ein paar kleine Sterne. Plötzlich musste er an Marie denken. Wenn sie doch jetzt auch hier wäre. Mit ihr hatte er immer so viel Spaß gehabt, beim Baden im See und in der Ostsee, im Urlaub mit den Eltern. Auch beim letzten Mal waren sie bis spät in die Nacht baden gewesen. Wo war sie jetzt nur?

Wenn Geschwister sich so richtig böse sind, fällt ein Stern vom Himmel ab. Aber es fiel kein Stern. Bloß Wind kam auf und vertrieb Matson schnell die Lust am Baden, nachdem er sich ein paarmal im Kreis hin und her bewegt und dabei mit seinen Händen laut ins Wasser geschlagen hatte. Warum nur war das Leben so ungerecht und beließ nicht alles so, wie es am besten war?

„Matson! Komm mal raus!" War das die Stimme seines Vaters? Matson spielte mit den Wellen des Wassers, als er die Stimme rufen hörte. Es war aber Jahns Stimme, die nochmals rief: „Hey, Matson, komm raus!"

„Ja! Ich komm schon", rief Matson zurück. Ohne Marie war sowieso alles langweilig hier. Und dann watete er ans Ufer zurück.

„Beweg dich am besten gar nicht", hörte er jetzt deutlich wieder Jahns Stimme sagen.

„Was?"

„Komm her, dreh dich nicht um!"

Mit ein paar großen Schritten war Matson aus dem Wasser und, über die herumliegenden Äste springend, schnell wieder am Zelt. Im nächsten Moment zog Jahn ihn mit einem Griff am Bein hinein.

„Guck dir das an!", sagte Jahn leise, atemlos.

Matson konnte jetzt gar nichts anderes mehr tun, als sich das anzusehen! Denn nun begann ein gigantisches Lichtspiel in leuchtend blaugrünen Farbtönen, über den ganzen See verteilt, und erhellte die Atmosphäre! Das war so fantastisch, dass man nur bewegungslos an seinem Platz liegen bleiben konnte wie ein geblendetes, winzig kleines Mikroinsekt.

Iris-Marie ging es zwar nicht besonders gut nach dem eher merkwürdigen als romantischen Abend mit Jahn und dem spontanen Abbruch am See, aber sie konnte nicht wirklich lange böse auf ihn sein. Immerhin ist er wesentlich älter als ich, sagte sie sich, und hat bestimmt schon viele Freundinnen gehabt. Außerdem sieht er ziemlich gut aus, ist schlank wie eine Birke – und das Küssen war einmalig schön …

Schließlich beschloss sie, dass Matson den Abend versaut hatte. Warum musste er denn auch so uncool reagieren?, dachte sie – als wären sie und Jahn wie Abtrünnige, nur weil sie geknutscht hatten. Brüder sind eben unsensibel und selbstgefällig … Jahn konnte also nicht wirklich etwas dafür.

Sie traf sich mit ihren Freundinnen aus der Schule und machte keinen Hehl daraus, dass sie verliebt war. Aber in wen genau, das verriet sie nicht. Jahn sollte ihr Geheimnis bleiben, bis sie sich sicher sein konnte, dass auch er ernsthaft in sie verliebt war. Sonst müsste sie irgendwann vielleicht zugeben, dass er sie abserviert hatte, und diese Peinlichkeit würde sie nicht durchstehen. Dazu war Iris-Marie zu stolz.

Matson war weg. Iris-Marie ahnte es, nachdem sie ihren Bruder einen Tag lang nicht gesehen hatte und auch am nächsten Tag nicht. Sie hatte zweimal, zu verschiedenen Zeiten, in sein Zimmer geguckt und festgestellt, dass nichts verändert war. Einmal um die Zeit, zu der er normalerweise von der Schule zurück war, und einmal spätabends, kurz bevor ihre Eltern von ihren Arbeitsprogrammen zurück waren.

Ihr Vater Conrat war, wie meistens, eher zu Hause als ihre Mutter. Er erholte sich erst einmal in seinem „Wohnraum", wie er das große Wohnzimmer bezeichnete, in Ruhe vom Außenstress. Erst, wenn ihre Mutter vom Schichtdienst im Institut nach Hause kam, ging die „nervöse Kontrolle" los, wie Matson es nannte.

„Na gut, Matson", sagte Iris-Marie mehr zu sich selbst. „Aber glaub bloß nicht, dass du mir jetzt keinen Gefallen schuldest." Sie schlich sich in sein Zimmer, zog den Schlüssel an seiner Tür von innen ab, drehte die Musikanlage mittellaut auf und schloss dann von außen wieder ab.

„Hallo, Papa", sagte sie, als sie dann mit Matsons Schlüssel in ihrer Rocktasche im großen Wohnzimmer ankam. Conrat, wie ihn alle nannten, hatte es sich gerade mit einem Baguette in der einen und der Abendzeitung in der anderen Hand gemütlich machen wollen.

„Oh, meine schöne Tochter Marie ist da!", freute er sich. „Komm, setz dich zu mir und erzähl mir etwas aus deinem Leben."

Ja, witzig konnte Papa sein, auch wenn sie ihn nur noch selten sah! Das war in frühen Kindertagen anders gewesen. Als sie noch klein gewesen war, hatten sie ganz viel voneinander gehabt ...

„Es gibt leider nicht viel, Conrat", sagte sie, „außer Hausaufgaben, die ich noch machen muss. Wie ist es denn bei dir so?"

„Klienten, nichts als Klienten – tagein, tagaus", sagte ihr Vater und biss gierig in sein Baguette. „Wenn du hungrig bist, ist noch eins da. Ich weiß doch, dass dir die Hausaufgabenarbeit über den Kopf wächst – aber hoffentlich nicht über deinen Schädel hinaus wie bei deiner Mutter, haha!" Dabei lachte er einmal laut auf und freute sich, dass ihm ein Witz über seine Frau gelungen war. Er klopfte auf die Sitzfläche neben sich. „Komm, setz dich, meine Tochter. Pausen müssen sein."

Ein anderes Mal gern, dachte Iris-Marie, aber leider geht das jetzt ganz und gar nicht – denn vor der Haustür hörte sie das Klacken der Stöckelschuhe ihrer Mutter herannahen. „Danke, Papa, im nächsten Leben. Sorry, ich muss jetzt", sagte sie deshalb und schenkte ihm ein bedauerndes Lächeln.

„Ach so", sagte Conrat ein wenig enttäuscht. „Aber sag mal, wo ist denn eigentlich Matson?" Damit erhob er sich und ging auf den Wohnzimmerschrank, Abteilung Hausbar, zu. Klar, Conrat brauchte jetzt erst einmal einen Cognac, bevor Mama mit ihren Storys von der Arbeit auf ihn losging.

„Tut mir leid, Conrat, Matson hat sich für heute schon verabschiedet, hat sich eingeschlossen."

„Ach was, schon wieder? Dann sag deinem Bruder mal einen schönen Gruß von mir! Und bestell ihm bitte auch, dass euer alter Vater die Gesellschaft seiner Kinder vermisst!"

„Mach ich, Papa, hab dich lieb, wir sehen uns!"

Damit ließ sie ihm noch einen Flügelkuss von Weitem zukommen und war dann durch den kleinen Flur ganz schnell zur Hintertür hinaus. Bloß nicht auch noch der Frau Aufsichtsrätin begegnen!

„Es ... ist vielleicht ein ... Scheinwerfer von einem ... Polizeischiff", stammelte Matson, der als Erster seine Sprache wiederfand. Aber er glaubte nicht wirklich an das, was er da vor sich hin murmelte.

„Wir sind am lütten Dorfsee, nicht auf der See, Herr Kollege. Wo ist denn bloß das Fernglas?! Gib's schon her, schnell!"

Aber es war gar nicht möglich, das Fernglas zu finden, denn das Lichtermeer, in dem sie sich befanden, schaukelte sie hin und her und auf und ab – so als wären sie schwerelos, in einer Art Gondel. Das Gefühl für jegliche Bodenständigkeit ging dabei völlig verloren! Gleichzeitig war es, als zöge ein Sturm auf. Überall um sie herum schienen kleine Wellen zu sein, als wären sie auf einem Boot, einem Floß oder dergleichen! Und eine ferne leise Musik war zu hören – inmitten des Farbenspiels, welches schnell und langsam, in hellen und dunklen Reflexen über den ganzen See huschte. Es klingt wie Linkin Park, dachte Matson und ließ den Kopf zwischen den verschränkten Armen auf die Luftmatratze sinken.

Jahn hatte es jetzt geschafft, sich aufrecht hinzusetzen, während er nach links und rechts und wie verzweifelt hinter sich tastete, um das Fernglas zu finden. „Das ... ist ... Amadeus", hauchte er fasziniert vor sich hin.

„Komm zu dir!", konterte Matson sofort. „Unverkennbar ist das Linkin Park!"

Plötzlich war alles wieder vorbei.

Die Lichter entfernten sich langsam in blauen und grünen Farben und ließen einen sanften, rosigen Schein zurück, welcher das Schilfgras ganz und gar einhüllte. Er umgab die kleinen plätschernden Wellen, die wieder ans Ufer schwappten, und schien bis in alle Baumkronen hinein.

Warum aber zwei Abenteurer – ein Musikforscherstudent und ein kräftiger kleinerer Forscherkollege – plötzlich darüber einschliefen, kann niemand wissen. Es gab nämlich keine Zeugen für dieses Schauspiel. Nur die Sterne, aber die leuchten sowieso, auch wenn alles vorbei ist.

Matson wurde zuerst wach, rollte sich aber wieder ein wie ein kleiner Kater. Als kurz darauf auch Jahn wach wurde, fand er seine Sachen wieder – Fernglas im Rucksack, Aufzeichnungsbuch neben sich und den kleinen Bleistift, der immerzu Noten schreiben konnte, manchmal aber auch Notizen.

„Amadeus' Raumschiff am Segeberger Teichsee gesichtet – ohne Zeugen, bis auf Kollege Matson – in der Nacht vom 22. zum 23. Jun…" Oh, jetzt war die Spitze abgebrochen.

Jahn konnte nicht wieder einschlafen. Er wünschte sich jetzt sehnlich, zu Hause zu sein, um auf seinem Keyboard spielen zu können beziehungsweise auf seinem Klavier, das er mit dem Keyboard gekoppelt hatte. Mensch Jahn, dachte er, heute Nacht hat sich dir dein Bruder Amadeus gezeigt – aus einer anderen Zeit! Wie war das möglich?

Als Matson irgendwann zwischen der Nacht und einem neuen Tag erwachte und seinen Forscherkollegen entdeckte, der vor dem Zelt saß und eine Zigarette rauchte, hielt er kurz seinen Kopf raus. „Gegen Schlaflosigkeit hilft Aspirin", sagte er dazu. „Mann, du hast bloß dumm geträumt."

„Wo sind die?", fragte Jahn, gähnte und kam ins Zelt zurück, denn kalte Sterne geben selten eine Antwort auf tausend ungelöste Fragen.

„In meinem Rucksack", murmelte Matson und schlief gleich wieder ein.

„Von Mama" und „IM" stand auf der Packung, dazu ein gekritzeltes Herz. Was hatte das denn zu bedeuten? Natürlich konnte Jahn nicht wissen, dass Iris-Marie die Schachtel von ihrer Mutter gegen Regelschmerzen bekommen hatte, und auch nicht, dass Matson die Tabletten einfach eingesteckt hatte, weil sein Vater irgendwann gesagt hatte: „Die helfen auch bei Kopfschmerzen oder bei einem Kater, eigentlich gegen alles."

„Auflösbar in Wasser" stand darauf. Wasser hatte Jahn dabei, in kleinen Plastikflaschen, vakuumverpackt. Vielen Dank, Marie ... meine Schöne. Hoffentlich hast du jetzt keine Schlafstörungen, dachte Jahn und hatte Lust, sie demnächst mal wieder zu sehen. Aber vielleicht doch erst lieber dann, wenn sie auf ihn zukam. Wenn Mädels böse auf ihn waren – und das wusste er bei Marie nicht so genau –, konnte Jahn nicht so gut damit umgehen.

Es gab tatsächlich noch jemanden, der in dieser Nacht einfach nicht einschlafen konnte. Iris-Marie stand deshalb irgendwann sehr früh am Morgen auf. Sie hatte immerzu an Jahn denken müssen und überlegt, wie sie sich jetzt verhalten sollte. Tja, wenn Mädchen verliebt sind ... Oh, einsame Marie, wo war dein Stern in dieser Nacht?

Ein Anruf, nur ein leises Klicken von Matsons Handy in der Jackentasche, weckte ihn am frühen Morgen auf, der so kalt war, dass ihnen beinah die Füße abgefroren wären. Es war so kalt wie im tiefsten Wintermonat Januar.

„Sei mal lieber froh, dass meine Schwester uns geweckt hat", sagte Matson, während er neben einem vor Kälte zitternden Jahn herging. „Sonst wären wir wahrscheinlich gar nicht mehr aufgewacht."

„Nee, es ist n...noch viel zu früh, d...deine ho...holde Schwester hät...te de...d...damit noch war...ten können!", bibberte Jahn. Mehr sagte er den ganzen Weg über nicht.

Es fuhr noch kein Bus und keine Sonne ging auf. Nur eisiger Raureif bedeckte die Wiesen und Büsche. Aber irgendwie sah alles so grau aus – so farblos …

Sie hatten beide kein Geld dabei, denn dummerweise hatte Jahn sein Portemonnaie zu Hause vergessen und Matsons Konto war noch bis zum Monatsende leer. „Gib mal bitte fünf Euro", hatte Matson gesagt, als sie endlich an eine Tankstelle gekommen waren. „Ich hol uns ne Zeitung und was zum Mampfen. Vielleicht steht schon was drin!" Das hatte also nicht geklappt. Na dann, weitergehen.

„Haben Sie etwa keine Geldkarte dabei?", versuchte Matson noch einmal, Jahn irgendwie aufzumuntern, aber dem war immer noch kalt. Und wenn ihm kalt war, dann war einfach nichts mit ihm anzufangen. Ja, Jahn war eben sehr wärmebedürftig.

8. Sinn im Unsinn

„Hallo, Mama, moin", sagte Matson vergnügt, als die Haustür sich öffnete, nachdem er zweimal geklingelt hatte, und seine Mutter im startbereiten Outfit vor ihm stand. Er hatte nämlich seinen Schlüssel nicht dabei. „Das ist Jahn Amadeus. Lässt du uns dann bitte durch? Ich muss gleich zur Arbeit."

Bevor Frau Godslan den Satz „Es interessiert mich wenig, wen du am frühen Morgen mitbringst …" zu Ende sagen konnte, schob er sich an ihr vorbei.

„Komm rein, Jahn! Das ist meine Mutter", unterbrach er sie und sah sie nicht mehr an.

„Guten Morgen", sagte Jahn höflich und folgte Matson durch den Hausflur.

„Das wird ein Nachspiel haben!", hörte er die erboste Stimme der Mutter hinter ihnen herjagen. „Wo treibt sich mein minderjähriger Sohn eigentlich nachts – du bist keine achtzehn!" Dann fiel die schwere Eingangstür ins Schloss.

Wenn Jahn an seine Mutter dachte, hatte er nur schöne, liebevolle Erinnerungen an sie. Leider war sie früh an einer Krankheit gestorben.

„Wir gehen erst mal hier rein", sagte Matson und lenkte seine Schritte in das große Wohnzimmer. „Setz dich hier hin. Ich hol uns Frühstück und für dich was Warmes!"

Na, das lässt man sich ja nicht unbedingt zweimal sagen.

Jahn sah sich in dem großen Raum um. So wohnten also Akademiker – angenehm klassisch. Auch wenn er schon einmal hier gewesen war, so war sein erster Eindruck doch eher so gewesen, als wohnten hier eben „Neureichs". Aber jetzt wurde ihm klar, dass dies hier wirklich Niveau und Standartgüteklasse hatte. Aber diese Frau Mutter schien doch viel zu zetern.

Nach guten zwanzig Minuten, in denen Jahn ausgiebig das Musikrepertoire gecheckt hatte, war Matson mit einem riesigen Tablett zurück. Es gab heißen Kaffee und vier Burger aus der Mikrowelle. Mann, das war jetzt aber genau das Richtige, um neue Lebensgeister zu wecken!

Irgendein leises Geräusch weckte Iris-Marie aus dem Schlaf, den sie dann noch für eine halbe Stunde bekommen hatte. Oder waren es Stimmen – und Lachen? Sofort stand sie auf, obwohl es draußen in Strömen regnete. Vielleicht war es doch nur der Regen? Nee, das waren wohlbekannte Stimmen, und zwar nicht solche abartig albernen, wie sie zu hören waren, wenn ihre Eltern am Wochenende mal Besuch bis zum frühen Morgen hatten – sondern die von Jahn und Matson! Sie waren da!

Es regnete noch den ganzen Tag über, aber das machte nichts, denn im Haus von Familie Godslan ging es trotzdem ziemlich lustig zu. Drei Jugendliche, die jetzt so wunderbare Namen trugen wie „Amadeus Jahn", „Zierprinzessin Marie" und „Matson, der Unerschütterliche", hatten nichts als Spaß, während sie im großen Wohnzimmer bei Sekt, Cola und Whisky zusammensaßen, und sich ziemlich viel zu erzählen. Ja, jetzt konnten sie sich alles verzeihen und sich wieder mögen. So schwer und leicht kann ein Weg sein, wenn am Ende ein Regenbogen ist!

Das Leuchten am See erschien den ganzen Sommer über nicht mehr – auch wenn sich die drei an manchen Tagen am Zelt wiederfanden, ohne sich verabredet zu haben. Sie wollten dem Geheimnis auf der Spur bleiben, bis Jahn dann irgendwann im Oktober das Zelt wieder abbaute. Es war an einem der letzten schönen Tage, bevor der dunkle November hereinbrach. Aber insgeheim glaubten sie, dass es im nächsten Jahr wieder erscheinen würde. Warum das so war, wussten sie nicht, doch sie ahnten, dass es nicht umsonst da gewesen war. Nichts in dieser Welt passiert einfach so, um ohne Sinn wieder zu verschwinden. Alles, was bedeutungsvoll aussieht, hat eine Bedeutung – im Großen wie im Kleinen. Deshalb konnte man ganz bestimmt damit rechnen, dass noch so einige Phänomene auf sie zukommen würden. Daran glauben alle von Amadeus' Erbenerdenkindern ganz fest!

Wenn der Regen an dein Fenster tropft, bist du nie allein, denn der Regen ist wie deine Tränen, die du um mich geweint hast. Und jetzt mache ich alles neu und wasche die Erde rein – von all dem Unrat, der deine Seele beschmutzt hat. Mein Herz regnet für dich, denn ich bin auferstanden, obwohl sie mich gekreuzigt haben. Aber das ist so lange her, dass ich mich nicht mehr daran erinnern kann, weil deine Musik mich in alle Himmel trägt.

Als Iris-Marie an einem Morgen im Dezember aufwachte – es war kurz vor Weinachten –, zog sie sich nur ein langes Hemd und eine Jogginghose über, denn es regnete wie aus Eimern vor ihrem Fenster. Nachdem sie eine Zeit lang dem Regen zugehört hatte, ging sie mutig in die Küche, um sich einen Tee zu machen. Es war noch sehr früh. In der Küche brannte jedoch Licht, denn Frau Godslan war schon aufgestanden, um früher aus dem Haus zu gehen, und gerade dabei, ihren Morgenkaffee zu trinken.

„Guten Morgen, Iris-Marie", sagte sie. „Schon so früh auf? Es ist erst sechs Uhr! Hast du heute früher Schu…"

„Anscheinend bist du taub oder so", fiel Marie ihr ins Wort. „Hörst du es denn nicht, Mama? Es regnet. Schule fällt heute ins Wasser."

Mit dieser Bemerkung konnte ihre Mutter natürlich nichts anfangen, aber weil sie sofort zu einem Termin musste, beschloss sie, am Abend eindringlich mit ihrer Tochter zu reden!

Doch dazu kam es nicht mehr. Sie hatte einen Unfall, wie zwei Polizisten es am Abend berichteten, als Iris-Marie und ihr Vater gleichermaßen an die Tür kamen. „Sie hatte keine Schmerzen", sagte der Beamte. „Sie war sofort tot."

In der Zeitung stand später, dass Frau G. morgens um sechs Uhr zehn auf einer Hauptstraße in Richtung Bad Oldesloe mit einem Linienbus zusammengeprallt war …